我的男孩
My dear Boy
影像散文書

林心如、張軒睿、李李仁、高聖遠
領銜主演

目 錄
Contents

  關於故事

養成一個好男人，需要良好的家庭教育之外，「愛情」是進階到S版的必要
課程。男孩在愛情裡受了傷，於是一點一滴的成熟為一個男人，但，那慢
慢癒合的痂大多是醜陋的，它教育了男人怎麼用自私武裝自己的恐懼、以
名利成就自己的籌碼。

有一種幸運的男孩，他會遇到生命中的一款貴人。那貴人往往是一位「好
姐姐」。關於那些好姐姐教他們的事，是實戰的、非教條的、生動而且造
就了一段美麗的回憶。

例如以下的這個故事。

這是小舅推薦「他」的餐廳，小舅說唯有有品味的男人才懂得這種巷弄
裡、貌不驚人、卻蘊藏美味的地道，所以他很慎重的跟老媽借了下個月及
下下個月以及下下下個月的生活費，想在暗戀許久的學妹面前好好展現自
己的品味。此刻他緊張的喃喃背著小舅教戰的小抄，以致於完全沒留意已
經過了一個半小時，學妹還沒出現。

「她」與「他」的桌次之間，隔著一對對坐的情人，看來是熱戀中，四隻眼睛冒著火看著彼此、四隻手只要有空檔就肉麻的糾纏在一起，她看得很「各癮」，真想跟他們說：「要不要趕快去開房間？」，她以為她只是想，沒想到，經過半瓶白酒洗禮之後，心裡想的往往跟出口的結果完全一致，毫不虛偽。

負責外場的老闆很nice的提醒餐廳是有低消的，如果還不點餐，廚房再半小時後就會打烊。她又灌下一杯白酒後重重放下杯子說道：「我至少點了酒，他呢？」她猛的把視線射向他！

他緊張的對老闆說道：「可是我朋友還沒有來……」

「不會來了啦！放鴿子你懂不懂？你、被、放、鴿、子、了！」她喝了酒以後嗓門特別大、舉止粗魯，完全從阿姨變成大嬸。

隨著那急著下班回家的公車晃著，他想起了學妹竟然放自己鴿子的這整件事，忍不住有點想哭，但，或許是她有什麼急事？但，為什麼連一通電話也沒打來？一定是發生什麼意外了！應該非常嚴重以致於連手機都沒空看的狀況！──總之，那麼甜美、懂事的學妹絕對不可能讓自己像傻瓜一樣在餐廳痴痴等她的，學妹絕對不會像那個「無聊有病」的阿姨說的──阿姨？──她該不會還在那吧？該不會被人家扒走錢包？或者撿屍吧？雖然阿姨實在很倒胃口，但，畢竟有些男人飢不擇食啊！！

都快到家了，良心還是不能過去──所以他終於下了公車，滿頭大汗的跑回原地──她真的還在！

他生平第一次上「賓館」，竟是以撿屍狀態，而且撿的還是一位「阿姨」！

不過，由於他良好的家教、以及「高尚的品味」，他當然什麼都沒做、甚至連想都沒有想！！他只是把阿姨安頓好就趕緊回家了。三天後，當學妹再次婉拒他的約會、了無生趣之際，他接到了一通「私人號碼」的來電……。

緣分就是這麼奇妙，他參與了她的愛情悲劇、她為了幫他壯聲勢，小菲與這個男孩，該怎麼平息這場風暴？該怎麼證實，差十歲的感情，也可以是無怨無悔的真愛呢？！

 # 關於角色

羅小菲／
廣告導演

五年前她遇見了一個可以跟她聊電影、聊音樂的男
人，她與男人幾度談分手，卻始終走不成……
直到她看透了這個男人，應該說……是她終於勇敢面
對了這段感情，尤其是當她認識了那個男孩……

安慶輝／
五專視傳科畢業至出社會

平凡的他，隨著死黨的推波助瀾，決定鼓起勇氣，對
暗戀兩年的學妹展開攻勢！沒想到學妹竟答應了和他
的邀約……
但那晚他當在餐廳等著學妹，卻遇見了那個讓他一輩
子都忘不了的「姐姐」

蕭也時／
廣告公司老闆

他熱愛重單寧的紅酒、爵士音樂，與眾不同的厭惡著
披頭四，是的，你感覺出來了，他很憤世嫉俗。但他
說那其實叫「孤獨」也稱為「寂寞」。

賴建國(小賴)／
公務員、輔育院義工、國標舞舞者

衣著很講究，因是公務員身份，總是西裝筆挺，下了
班換上合身的舞蹈服，來到舞蹈教室，專注而優異跳
著倫巴舞的他，是他另一個樣子。

潘妍婷／
五專生、慶輝的暗戀

名字只跟電視秀髮廣告差一個字，所以同學都叫她「洗髮精」，男孩們稱她是落入凡間的天使，尤其當她眨著深邃大眼，衝著男孩們甜甜一笑時，男孩們都幸福的有如置身天堂。

何美玥(安媽)／
安親班園長、何老師

關於她嫁錯人的故事，身邊的人都聽說了，這個冗長的故事，她總在兩站距離講完，她說話又快又急，想說就說！往好處想，這代表了她活潑健康體力好、不藏心事，不會得憂鬱症。

安立民(安爸)／
安親班駕駛

關於「廢人」這個頭銜，僅戶口名簿上為一家之主的安爸爸另有詮釋——他覺得自己只是特別懂得「讓」的藝術，這要做到「讓」，得先懂得「忍」，因為愛她，所以就甘願的服從了！

尼古嚕／
慶輝死黨

當尼古嚕第一次看到日本的變裝節目「超級變變變」時，就被節目裡的各種變裝創意震撼到入迷。因此他總喜歡拍攝各種小短片，短片中的角色，當然就要自己的好兄弟來扮演囉!

搞屁／
慶輝死黨

慶輝、尼古嚕的死黨，總為了義氣，出錢、出力，力挺好兄弟到底。不惜在尼古嚕小劇場男扮女裝，假髮、服裝、大胸脯、假睫毛、腮紅樣樣俱全，犧牲色相扮演「屁屁姐姐」。

安柏輝(安弟)／
國中生

小時候長得秀氣，所以小時候安氏夫妻，便貪玩的幫他綁上髮帶，穿上女裝學著女明星跳舞，但等他上了國中，還是喜歡學著女偶像跳性感舞蹈時，兩夫妻可就再也笑不出來了……

TORO(安舅)／
職業不明、名片上是各種「顧問」

出生就被斷言是文曲星轉世，全家都期盼他能闖出一番大事業，但偏偏他運氣和努力都不太夠，兜兜轉轉了半輩子，總算找到一份合意的差事，就是當「顧問」。

大寶／
攝影師、小菲的後輩、慶輝的前輩

年紀輕輕就投入片場，跟在也時導演身邊擔任攝影助理工作，是小菲當時的後輩。

柯美雙／
也時的女朋友、當紅女明星、完美女神

美雙跟也時，一個是當紅女明星，一個是才華洋溢的導演，任誰看來都是天造地設的一對。可是其實美雙一直都知道，也時的心裡住了另一個人……

羅小珊／
小菲的姐姐、公務員

小珊從小就勇敢，除了從小保護妹妹外，在愛情的路
上，她更選擇嫁給了一個在別人眼中，不是那麼完美
的聽損者，因為她相信只有自己聽見了，那來自52赫
茲獨特而被需要的聲音⋯⋯

政誠(姐夫)／
小珊的丈夫、失聰者

聽損並沒有削減他的樂觀，認識小珊後，他毫不自卑
的展開了追求，婚後在家裡經營手工水餃及照顧女
兒，認真經營著兩人的家庭，和小珊真摯的感情，令
小菲十分嚮往。

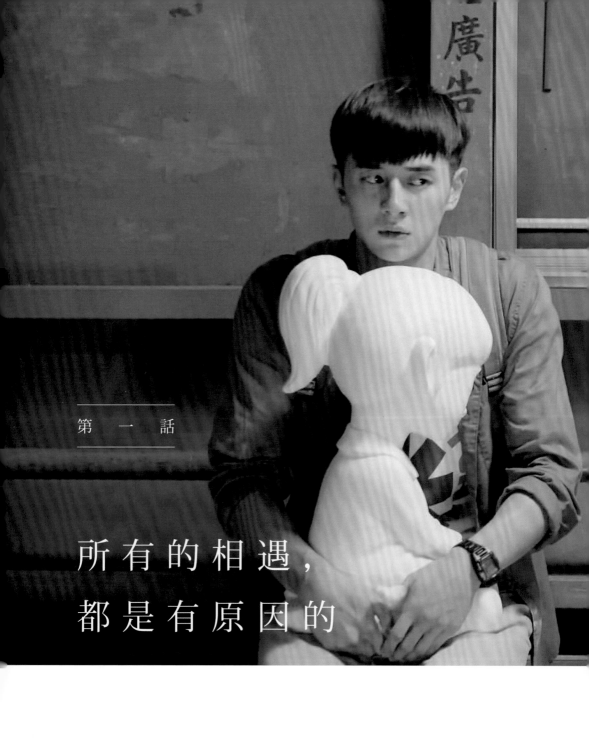

第 一 話

所有的相遇，
都是有原因的

在這悲慘的世界裡，唯一支持我活下去的能量……

是她。

她是我的學妹，全校最漂亮 ──

不，是我生命中最漂亮的風景。

只要想起這三個字，

我的心就會痛痛的……

我猜，這應該就是初戀的感覺吧？

不是說要怎麼努力先怎麼栽嗎？……那為什麼？……

為什麼！為什麼她卻沒有出現？

初戀就是用來失戀的啊，不然留著要幹嘛？

天荒地老啊？那多無聊！

看見一條小河就決定在那裡一生一世的人，

不是從一而終，那叫孬種、叫懶！

很高興認識你!

在茫茫人海中相遇,一定是有它的原因的!百年修得同船渡!

總有一天,時間會給出答案的。

有一種付出，叫做肉包子打狗你知不知道！

你知道這個世界上，為什麼要有長輩這個角色嗎？

因為他可以給茫然的你，最棒、最有效、最真實的「答案」！

那些讓你自己身體不自在的衣服，

無論多好看都不適合你！

愛情也一樣，你是什麼樣的男孩，

就會擁有什麼樣的愛情！

第 二 話

當你不試圖
抓住它的時候，
你就擁有它了

喔，這我男朋友。

我就是喜歡底迪。

我⋯⋯我⋯⋯我的初吻～

那是人家的初吻耶⋯⋯一點都不美麗！

那你到底要怎樣嘛？！

你以為跟你打啵我心情很好嗎？

口口聲聲要我再給他一點時間的男人要跟別人結婚了，我都還來不及哭，竟然還要先安慰你的初吻？

初吻算個什麼大不了啊？！你以為你的嘴有多純潔、多神聖啊？！

吃了那麼多垃圾食物不說，難道你做嬰兒的時候沒有被你媽你爸親過嗎？初吻早就不初了有什麼好哭的？！可不可以像個男人一樣啊！

算了！你還是像你自己就好了！

男人一成熟就變可惡！……所以記住，不管長得多大，

都要像現在這樣天真、善良！

蠢一點也無所謂，絕對不可以像那個男人一樣，沒有能力愛還要貪婪的占
有、絕對不要忘記自己的初衷、絕對不要傷害那些愛你的人！永遠要有一顆
男孩的心！

那麼我可以申訴一下為什麼我愛罵人嗎？

因為太寂寞了。什麼是「太寂寞」你懂嗎？

沒人懂你，是最可怕的寂寞。

以後⋯⋯可以不要一杯就倒嗎？

這樣清醒的人會很寂寞。

讓一個寂寞的人覺得有依靠，是最可惡的勾引！

那你不愛Beatles愛什麼？

爵士。

你永遠抓不到它，因為它不在任何規則裡。

可是當你不試圖抓住它的時候，你就擁有它了。

你的人生有劇本嗎？

所以為什麼一定要有小抄呢？

你知道愛情最美的樣子是什麼嗎？

兩個人手牽著手一起往前方去探險！

那些走錯的路、或者意外的驚喜，都是過程裡最棒的！

讓一個寂寞的人覺得有了依靠，

又掉頭就走，是最可惡的拋棄。

都是妳！都是妳！

妳幹嘛要出現在我的人生裡？！

再不錯也沒用，只要人錯了什麼好機會都叫浪費！

他大老爺三個月都拉不到一個客戶。你說人家能不fire他嗎？眼看我們全家就要喝西北風了，我緊張的每天血壓都飆到一百九！我心想，就算我倒楣嫁雞隨雞可以跟他吃苦，可我不能讓我兩個兒子輸在起跑點啊！人家可以靠爸，難道要我兒子靠北嗎？

你不理我的這幾天，我覺得自己好像沒有了左手一樣的好不習慣、好不自在、好……寂寞。……所以我才突然想通，如果要成為一個偉大的表演藝術家，卻要失去那麼重要的兄弟，那我寧願……寧願不要那麼偉大！

明天午休的時候，帶潘妍婷到雕塑教室！

再不衝就不是男人了！

潘妍婷！我喜歡妳！請跟我交往吧！

第 三 話

「沒有」比「失去」
幸運嗎？

我一直有話想告訴妳

因為妳的出現，我的人生才開始出現了色彩

不管是當眾告白、還是當眾求婚，那種感動和喜悅全是演給
別人看的！真正最致命的感動其實是這種「決定性的瞬間」
造成的怦然與暈眩！懂了嗎？

一個好男人，當他的女人想哭的時候，一定要陪在她的身邊！

記得那首「藍雨衣」嗎？科恩總是在車站等待的莉莉瑪蓮記得嗎？可莉莉瑪蓮直到最後都沒有出現！……很抱歉，我太平凡了，我平凡的好怕妳這輩子都不會出現，所以我只能跟自己的害怕妥協！以前我一直覺得科恩是最寂寞的人，現在我才懂了，他比我幸運，我的莉莉瑪蓮只是遲到了，可我卻偏偏他媽的沒辦法自私的一走了之、沒辦法不顧一切的擁抱我自己的幸福，所以我就得眼睜睜的失去妳！

這個世界一直逼我做一個好人，

可我做了好人真理又告訴我，

好人就他媽的活該要被命運玩弄！

我 恨 你 !

好 恨 好 恨 好 恨 !

原來是我不自量力，

還以為現在的我，

至少值得妳掉幾滴眼淚。

你一點都沒變，

永遠可以把自己說成受害者！

第 四 話

寧願雨不停，
所以你沒來

不好意思……可不可以請妳……幫我打一個電話……給我朋友？

麻煩妳……如果是……男生接的……就請妳跟他講我在這裡……
動手術……如果是女生接的……就掛斷。

我知道妳是個有家教的好女孩，而且美雙姐也沒那麼小氣。

也時就是個藝術家脾氣，所以有時候工作起來瘋瘋癲癲的，難免讓不懂他的人誤會，之前還傳他跟我師妹怎樣怎樣的，還有人說他的前助理是被我掃地出門的……這種不負責的謠言太多了，如果真的在意，我哪還敢把自己辛辛苦苦拍戲賺來的錢全都投資在他身上？

雖然我跟他都忙、老夫老妻的日子很平淡，但是我知道他心裡其實很清楚，就算新鮮感太容易讓人醉，可是能讓他敢放心、任性的作自己的，也只有我了，所以我太有把握了……

他離不開我的。

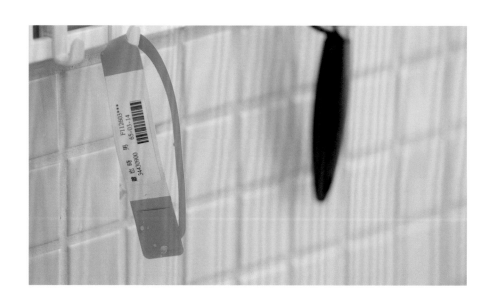

對不起，沒去醫院看妳，因為⋯⋯

我知道，你不方便。

不用解釋，真的不用，我其實很感謝你沒來看我，讓我想通了很多事，但是很抱歉，我現在真的什麼都不想說，我只想拜託你⋯⋯請你「放了我」！

發病的那時候……真的好怕，怕自己來不及跟妳說再見，還好，老天爺沒那麼殘忍。麻醉醒來前迷迷糊糊做了一個夢，夢見妳一個人在黑暗裡嚎啕大哭……

醒來以後我就反覆的想，我到底是哪來的自信覺得只要我們在一起了，妳就會快樂呢？萬一我突然走了呢？所以妳說的對，我應該「放了妳」。

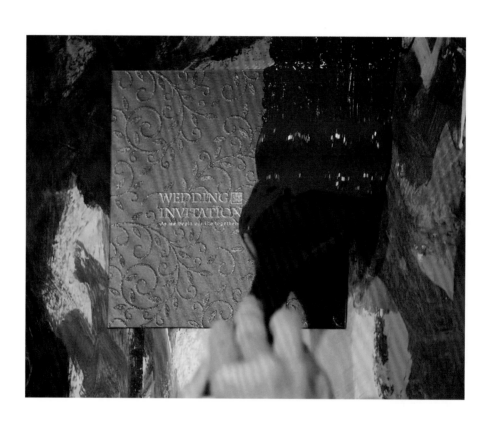

這些年有一半的時間，我都在討厭自己、罵自己、等著天譴。可是我真的忍不住會想，如果，在這個煎熬的三角關係裡，至少有兩個人可以得到幸福，那不就應該是最好的結局了嗎？……

我一直以為，我和蕭也時一定會等到這個結局，所以就等啊等啊等……

也許是我長大了、成熟了、聰明了，這麼多年才真的弄懂了一個道理，再這麼等下去，我等到的，只會是最爛的結局……

在那片什麼都沒有的鮮紅色裡，我好像看到了阿姨姐姐

正在說——我好恨那個

「愛著你」的我！

第 五 話

愛讓一切都對了

我是一個不能讓小珊安心的丈夫

但是

愛

讓一切都對了

問妳喔……

妳……愛姐夫的什麼？

「52赫茲」是美國國家海洋總署追蹤數十年的一個聲音，它來自海底，聽來像是鬼魂的嚎叫，也像是低音號的鳴奏……

擁有這神秘聲音的主人，是一隻寂寞的鯨魚……

當同類都以15至25赫茲的歌聲尋覓伴侶時，能聽見牠的歌聲的，卻只有牠自己。就這樣……「52赫茲」繼續唱著寂寞的歌，穿越著茫茫大海……因為牠相信，在海的那一頭，必然還有另外一個……「52赫茲」……

配完那支廣告之後的某一天，妳姐夫第一次打電話給我，是真的用打的喔，不是傳訊息。……他拿著電話說什麼我完全聽不懂……然後我就哭了……哭完了我就決定嫁給他了……

因為我想聽懂他在說什麼……我捨不得，而且我不要，我不要他像「52赫茲」一樣的寂寞……

有些難題出現的原因，是要讓我們去克服，而不是讓我們去逃避的，

所以⋯⋯可不可以先看一下我修好的摩托車，再做最後的決定呢？

我怎麼可能會愛上一個阿（姨）

可不可以直接把你心裡面的OS說出來啊？！

人跟人的相處需要的是溝通，溝通就是要講出來嘛，看是要吵要罵都沒關係，這樣我們才能更了解彼此啊！

悠遊卡只剩五塊了，如果我媽不借錢給我，明天就不能來了，請妳看到字條
一定要讓我知道妳很平安。

不知道是哪個演員說過，只要舞台底下還有一個觀眾，就要盡力的演出⋯⋯
我只是想跟妳講，不管怎樣，我一定都會做在舞台下的。

到底有沒有在上國文課啊？！「坐」跟「做」都分不清楚。

祝妳生日快樂，祝妳生日快樂，
祝妳生日快樂～～祝妳生日快樂！

老婆，生日快樂～～

老娘是射手座！

第 六 話

時間早就走了，
沒走的是我

就是我這個人有點怪吧，所以我看到人家老婆總是好聲好氣的說話我就會覺得她老公的生活一定很無聊；要是人家老婆每天把什麼都做的好好的，我就會覺得，還好我老婆每天都會給我驚喜！

……譬如有一次我在冰箱裡找到我老婆的手機，是不是很可愛？……還有，我吃到加了兩次鹽的荷包蛋，反而會有一種好幸福的感動……反正就是，因為我老婆的脾氣很難捉摸，我的人生才有了千變萬化，我是真的這麼覺得！所以我從來沒想過「要是沒有我老婆的人生」會長成什麼樣子……

在別人的故事裡我們都是智者，

可是在自己的故事裡，往往只是魯蛇。

我一直很喜歡妳⋯⋯喜歡了很久⋯⋯

所以，可以讓我一直把妳捧在手掌心嗎？

可以讓我喜歡妳嗎？

可以⋯⋯像我喜歡妳一樣的喜歡我嗎？

豬排炸到筷子可以這樣輕輕穿過去就可以起鍋了，不然就會太老太硬，像老女人一樣不可口……

女人光可口是沒用的，真正的美麗是一本百讀不厭的書！

你知道摸頭很有效嗎？

百分之九十的女人，都是因為「被摸頭」所以投降了！

那妳在那百分之九十裡面還是外面？

模範女人，一直是我對自己的要求。……什麼叫模範女人？就是把老婆、媽媽、情人、廚師、鐘點清潔工、賺錢金雞母這些角色通通扮演好之外，還要維持住優雅和美麗！

就這樣吵下去吧　　　就這樣幸福下去吧

時間早就不知道走去哪了！沒走的是我！因為我看你可憐！

我覺得我們好像這些巧克力⋯⋯

全都被妳融化了⋯⋯

第 七 話

感情哪有
一路都順風的？

謝謝你的祝福，從今天開始，小菲的幸福我會負責到底。

經歷過遺憾，才更懂得珍惜。

可以維持十三年堅定不移的愛情，到底有什麼秘訣？

秘訣就是「不管發生什麼事，都要死賴著不走」！

如果你在另一個人的眼裡，總是那麼的好，那就是一種幸福。

能夠讓另一個人發現自己的好，也是一種幸福。

原來我只是一個比普通再有用一點的學長而已⋯⋯

就是可以隨傳隨到、幫忙趕作業、免費跑腿的那種工具人⋯⋯

我以後絕對不要再隨隨便便喜歡別人了。

慢慢你就會發現，歡樂並不能教會我們什麼，能讓我們成長的反而是痛苦。
所以不要因為害怕受傷就放棄作自己的主人！永遠都要勇敢的去愛你所愛！
這樣的生命才叫精采！那種因為害怕結果，於是什麼都錯過的人生，有什麼
意義？

愛一個人從來不是對方的事，是自己的事！

仔細感覺一下，身體被痛過之後現在是不是有一種通體舒暢？

人生也一樣，不偶爾痛一下，就會忘記什麼叫爽！

專心讓身體去痛，那樣心就會忘記痛了⋯⋯

愛一個人到底是什麼樣的感覺啊？

就是那種……好想把他吃進肚子裡！

妳根本就不可能愛上他！

因為妳看起來根本就不想把他吃進肚子裡……

比起來，妳還比較愛雞排！

其實感情哪有一路都順風的？

重點是，只要確定了、看準了他就是妳要的，

那不管發生什麼事，都要告訴自己……

我絕對不會放手！

第 八 話

想著想著就放棄了，
做著做著就成功了

我們想了解同學，所以跟他們聊天；想了解我們的愛人，所以喜歡跟愛人聊天……可是為什麼都不跟自己好好聊一聊呢？所以我們最不了解的竟然是自己！

我的夢想是什麼啊？

你說啊？十年後，你想做怎樣的自己？

還有一件事，我可以跟學長說嗎？

下次學長喜歡一個人的時候，一定要讓她知道！
那樣，也許答案就會不一樣了！

我也搞不清楚是氣自己變了，還是在氣自己沒變。

人生也難免陷入泥濘，永遠要記得，你現在的熱血！

你並不是一生下來就能成為一個受人崇拜的大明星，除了你自己的努力之外，還有許許多多幕後栽培你的人，你難道不應該尊重他們的付出？尊重這個行業的倫理道德嗎？

第 九 話

出發，
不只是為了抵達

原來羨慕嫉妒恨，就是這種感覺。

我是在完全知道小菲不愛我的情形下開始跟她交往的，但是現在比較可悲的
是……我覺得……她好像永遠都不可能愛上我。

在我二十歲那年，學會了兩件事。

• 當下，勇敢

• 第二，沒辦法用說的時候，那就擁抱吧。

天黑也可以繼續騎啊，

出發又不是只為了抵達目標。

那不然出發是為了什麼？

享受過程。

第 十 話

大人
也會做糊塗事

我記得有人跟我說過，人生最棒的就是不要預設一切的去探險，
那些走錯的路、意外的驚喜都會是最精采的回憶啊！

我很壞，我知道，可是我阻止不了我自己。

究竟為什麼？其實我也不懂……

那就明天再說吧！……晚安，我的壞……

人跟人相處有很多種可能。也許你跟小菲喜歡的東西不一樣、生活的習慣不
一樣,也許你不懂她的工作,不了解他們那群搞創作的人的臭毛病,但是人
也需要那種一路支持的,當她累了、受傷了的時候,有一碗麵,有一個等待
她的小夜燈的那種愛啊!

不要急著成為她喜歡的樣子，做你自己，做你想成為的那種好男人！

第 十 一 話

如果可以，
請幫人類取消
想念這個功能吧！

想念這種能力其實是沒有功能的！譬如你想一個東西，但是那個東西根本也不會回應你，而且想念還會變成一種負面能量，讓你很沒有精神、很沒有鬥志，越想越覺得自己就是一個 nothing！因為你是 nothing，所以你只有想念別人的義務，沒有「被想念」的權利！

你願意的話……讓我陪你一起哭，好不好？

我們不應該因為「害怕付出擔心」，

就去阻礙家人快樂的權利！

第 十 二 話

可以訴苦的
叫依賴
分享喜悅的
是真愛

放下之後才懂了，愛情其實有很多種。

這個婚禮是妳一手促成的，所以就照妳幫我寫的腳本繼續過下去，我想妳應該會滿意吧？

第 十 三 話

我們都是好人
我們都會犯錯

如果害怕困難，那不如就不要開始。

那我可以勇敢去愛囉？一個我可以天南地北的亂聊……一個我可以很自在的賴在她家……一個她談戀愛我偏偏想攪局……一個沒有她的消息，我就慌張的不知道該怎麼辦……一個她病了，我的心竟然會痛……一個讓我想學做飯、想學開車、想趕快長大的……女人。

羅小菲！……我要開始愛妳了！

真正的困難是……「你不愛她」或「她不愛你」。

你喜歡她，她也喜歡你，是一件多難得的事你知道嗎？所以還怕什麼呢？那些你擔心的事，你和她可以一起面對啊！

開始了，就不要怕困難！

如果一個人想為另一個人變得很強，是為什麼？

找個地方聊聊吧。

我不要跟妳聊。因為愛妳是我自己的事。妳只要感覺我的愛就好了！

第 十 四 話

原來……
愛你，
不只是我的事

為什麼要破壞原本好好的一切？以前我們在一起的時候多開心！什麼話都可以說、都可以分享，為什麼不當我的弟弟就好？！我不要再經歷那種愛上不該愛的人的痛苦的煎熬了！你為什麼不放過我？！

我不會放過妳的！……因為這次不是妳一個人，妳有我！所有的痛苦、煎熬、難關，通通交給我！我來解決我來承擔！這樣，妳可以愛我了嗎？

她寂寞的時候、想說話的時候、想哭的時候、想發脾氣的時候……我通通不在。

我應該放了她。她應該得到一份正常的幸福。但是一想到她是別人的我就崩潰了、自私了、奸詐狡猾了。

我對她的愛，真的是一種打擾嗎？

經驗會讓我們試圖阻止痛苦的開始，但痛苦其實已經開始。

第 十 五 話

長大，一點都不好玩

我是真的很喜歡妳！

我會那麼生氣，我會罵妳是因為我真的很喜歡妳。

我很自私我知道，但我就只是個媽媽，

安慶輝是我的寶貝……

所以……所以我很對不起妳，讓妳傷心了……

妳一定可以找到一個給妳幸福的男人。

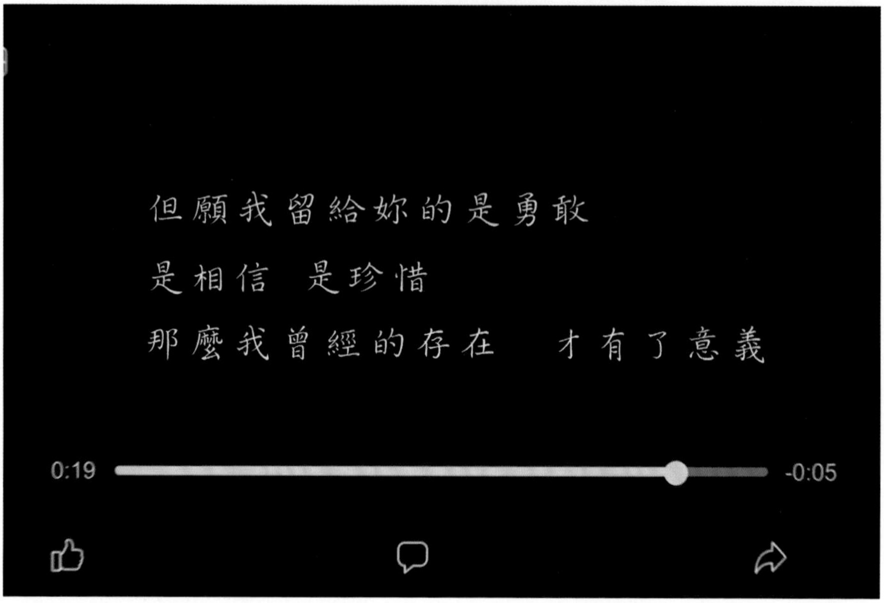

但願我留給妳的是勇敢
是相信 是珍惜
那麼我曾經的存在 才有了意義

0:19 ⎯⎯⎯⎯⎯⎯⎯⎯⎯⎯●⎯⎯ -0:05

👍　　　💬　　　↪

因為妳太善良了，

所以才把妳最害怕的遺憾，留給自己……

但願我留給妳的是勇敢

是相信

是珍惜

那麼我曾經的存在，才有了意義

原來這就是三十歲的邏輯，只會叫別人作自己的主人，自己卻選擇逃避！

將來的妳，一定會讓自己過得不錯，我也可能過得還不錯，我們各自都過得不錯，但是那時候的妳，想起這些日子，真的不會有遺憾嗎？

羅小菲！妳奪走了我的初吻！所以妳要負責到底！所以妳的將來就是我的將
來！

我現在終於懂了人家說的，能帶給別人幸福的人，是最幸福的！

第 十 六 話

因為愛你，
我才開始愛上自己

親愛的男孩，其實現在最需要這個擁抱的不是你，是我。可以讓我在這個擁抱裡，稍稍放鬆一下嗎？不管是兩年、兩個月，就算兩天也好……

我累了，我想被你……緊緊抱著。

要讓別人接受我們，就先讓我光明正大的存在你的生命裡！

這就是我喜歡老女人的原因！

因為老女人都不按牌理出牌！

因為老女人教我的所有招數，

拿來對付老女人全都沒用，

所以我只能用最真、最真、最真的我自己來喜歡妳！

一邊喜歡一邊發現原來我是這樣想的、

原來我是這麼感覺的，

原來這才是我！

所以因為喜歡妳，

我才真正的認識了我自己！

不！

更正！

不是喜歡，

而是愛！

因為我愛羅小菲，

所以我才開始愛安慶輝！

第 十 七 話

太多人，
並不真的認識你

以前我在戀愛裡面總是習慣把自己真實的心情掩飾起來，碰到不愉快總以為對方會懂，所以總是在等對方來「解鈴」，對方如果沒有反應我就失望、就冷戰……我現在懂了，那是很不健康的方法。

所以，謝謝你的特別、你的年輕，反而讓我終於願意把自己的想法說出來。

第一，公私分明。工作場合不許談戀愛、不可以感情用事。

第二，愛情不是人生的全部，親情、友情、工作，都要好好經營。

第三⋯⋯

如果我們最後還是覺得不合適，可以好好的跟我分手嗎？

第 十 八 話

好羨慕六歲的勇敢喔！

這是一個完美的逃亡計畫……

我們奮力的衝破那些輿論設下的困境……

我們帶著傷口抵抗那些攻擊……

我們往前奔去，往前奔去……

究竟哪裡，可以讓我們勇敢的作自己？

好想成為一隻鳥，丟掉那些不相干的眼光，不顧那些以愛之名的羈絆……
瀟灑的、頭也不回的，自在而任性的……因為我只是一隻鳥。

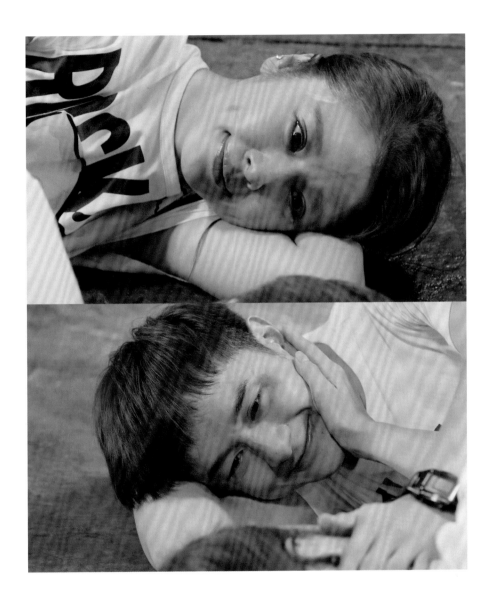

看吧，我們根本逃不掉的⋯⋯

嗯，就算逃得過「敵人」，也逃不了那些「我們愛的人」。

很痛吧？

對不起，原來我們真的「不適合」。

原來那天你沒來，

不是因為雨不停，

而是為了讓我認識一個這麼可愛的男孩。

我現在懂了，

所有的發生，

都要等到最後才會有答案。

我要變得很強！

很強的那一種強！

很強很強的那一種強！

強得再也沒有槍林彈雨！

再也沒有人不相信！

再也沒有！

你想跟五年前的
自己說什麼？

不用「對不起」，其實沒有那段青澀暗戀，我恐怕就不會
遇見那個我深愛的人。所以應該是我要跟妳說謝謝，

我們不用發生感情，因為我不想再重複一次安親班收起來的時候，跟那些「別人的小孩」說再見哭到死去活來的感覺！

一分鐘的黑暗，
不會使我們變成瞎子

你覺得經過這五年，所有問題都解決了嗎？你確定那些傷心不會再重來一次？

安慶輝變強了，我媽也 OK 了，皮蛋說妳姐聽到我在找妳都高興的哭了！所以我確定！這次我們不用逃、不用傷心，因為那些愛我們的人全都被我們說服了！

我終於發現了，長大是為了外面的人，至於對自己人，千萬不要長大！

謝謝你現在的努力，才有了五年後的我！

演 員 悄 悄 話

—— 林 心 如

林心如訪談

Q：聊一下對自己所詮釋的角色的看法？

A： 大家平時所認識到的我，也許和劇中羅小菲一樣，比較自信比較灑脫，也會大大咧咧，給人一種羅小菲翻版的感覺，這個角色仿佛就是為我設置的，那我詮釋出來應該會很容易，但在這樣一部愛情劇中，我跟羅小菲對待感情的態度卻是一點都不像，羅小菲是活得比較自我的人，敢去挑戰傳統，遇到自己愛的人就不會輕易放棄，所以在拍戲的過程中，我要在相同之中找不同，不能把這個人完全演成我，我是一路跟著這個角色，感受她的心路歷程，慢慢了解到她的無可奈何，體會她所有的開心與不開心，原來這世界上有很多事情不是你想要控制就能控制、想要避免就可以避免。

Q： 記憶最深刻的一場戲？

A： 我印象中最深刻的一場戲是第15集安慶輝來我家找我，讓我酒後吐真言，他年輕的樣子，還沒有經歷過打磨的棱角，他天真的話語，和對羅小菲的質問和告白。我當時看著他的眼睛，覺得他總是把問題想的很簡單，但他越是勇敢羅小菲就越是懦弱。一直以來總是在逃避逃避，終於到了這一天，在經歷了蕭也時的離世之後，開門看到安慶輝，她突然覺得很累，所以我在開門之前，感情的基調就要開始揮發出來，開門之後與安慶輝的對手戲讓情緒必須慢慢堆積上去，不能急，隨著一罐一罐的喝啤酒，那種感覺真的很壓抑，然後等它醞釀、積累，到一定的點然後爆發出來，完成這一次兩個人感情的碰撞，這場戲真的給我留下很深刻的印象。

Q：自己心目中對於愛情的看法？什麼模式是理想的愛情？

A：我的世界中愛情是自由的，任何的金錢、地位、或者那一紙證明都不足以成為愛情的基礎，只有兩個人相愛才是最重要的，如果遇到對的人，一切原則和觀念也可能被打破。對女人來說，愛情更重要是自由的，有愛情當然好，但讓自己一直保持著喜歡自己的狀態更重要，要知道如果我們不愛自己的話，又有誰會來愛你呢？所以愛來的時候，讓愛自由，愛走的時候讓自己自由，願我們每一個人都能收獲自由的愛情。

Q：成為理想戀人的另一半條件？

A：我一直覺得年齡不是問題，最重要的是兩個人是否擁有相同的價值觀，能不能互相溝通，還有這個男生的心智夠不夠成熟。因此千萬不要為了結婚，為了很多生活上的壓力去談戀愛，我相信每個人一定都會遇到對的人，如果這個人還沒有出現，那就好好享受你自己的單身生活，活在當下也很重要。

演 員 悄 悄 話

—— 張軒睿

張 軒 睿 訪 談

Q： 聊一下對自己所詮釋的角色的看法？

A： 我對安慶輝的天真善良，常常感到很心疼，有些事情會很想去告訴他該怎麼做，可是當你去看他對於事情的想法跟態度時，反而會羨慕他那種勇敢，這也是我在他身上所學到的。現實世界裡很多時候我們都活在別人的眼光跟期待裡，也漸漸的失去甚至迷失了自己，有時單純、傻傻的反而更幸運、更快樂，因為你不會對人有不好的想法、甚至去傷害別人；能夠找到自己喜歡的、愛的，然後努力的去做，其實是很幸福的。慶輝在畢業時也很迷茫，但他被劇組的那種團隊合作完成一部作品的氣氛給打動了，這是我當時讀本時非常感同身受的，我很喜歡team work的感覺，也都會期待大家一起努力的作品呈現出來的成就感，不管選擇什麼路走都會經歷辛苦的過程，那既然都要辛苦，為什麼不選擇自己想走的路呢？長大的過程對慶輝很殘忍，因為我們都是只想簡單不喜歡複雜，偏偏現實就會有很多的問題是我們沒辦法去掌控且必須去妥協的！很不甘心很不爽，卻也因為這樣我們也更有決心告訴自己要變很強很強！強到再也沒有人可以傷害我們及我們愛的人！

Q： 記憶最深刻的一場戲？

A： 記憶最深刻的戲就是14集開頭，慶輝跟小菲哭得很慘的那場，因為那場戲對彼此來說是非常非常難受，明明相愛卻要去在意旁人的眼光、家人的反對，這場戲更突顯出慶輝對愛的執著，一個20出頭的男孩為了愛情不顧一切，卻又不因為年紀關係而沒有責任感，在他身上我學到了，只要是遇到自己愛的人，不管其他人怎麼反對，都要好好保護、珍惜這段情感，也是因為慶輝讓我不管是對於愛情、工作等等都開始有很美好的憧憬，但也不因此讓自己陷入在美好幻想，而是更有

動力的想去做，因為我們都一樣，想要有能力扛起所有責任，保護我們愛的及愛我們的人！

Q：覺得拍這部戲最大的挑戰是什麼

A： 最大挑戰應該就是情感的部分吧，因為很多情緒上的轉折以及面對事情的處理方式都要很仔細的處理，還有就是因為慶輝是有階段性的成長，所以在人物的內在要有層次的變化，不能只是傻傻的走到底，必須思考經過事件的發生後角色該有什麼樣的成長，這過程對我來說很難，也需要去好好的分配跟拿捏，雖然難，但很感謝的是譽庭姐、導演、心如姐、君平姐還有所有工作人員陪我一起建立，才會有大家看到的安慶輝。

Q：自己心目中對於愛情的看法？什麼模式是理想的愛情？

A： 我對於理想的愛情在每個階段都會有不一樣的看法，學生時期會覺得自己談戀愛是彼此互相喜歡交往後才開始慢慢了解彼此跟磨合，然後熱戀時就常常膩在一起，覺得整個世界都是對方，很美好、沒有壓力的小情小愛。但到了現在，對於理想的愛情依然是抱著平淡幸福的看法，在對方需要的時候給予陪伴，關心並尊重彼此。而「尊重」對我來說是最重要的，我沒有想要多麼轟轟烈烈的愛情，比較嚮往的是每天收工回家彼此坐在沙發上分享當天發生了什麼有趣的事，當她難過時我能陪在她身邊，保護她還有愛她的家人，這是我最理想的愛情。

Q：成為理想戀人的另一半條件？

A： 我覺得要列出理想對象條件真的很難達到，因為感覺對了那些條件好像就突然沒那麼重要了，不過合得來非常重要，要找到價值觀、想法、生活習慣都類似的人很難，可是如果遇到了就要好好把握、珍惜。不過，還是會希望對方是愛家、愛動物、孝順的人，而且有「同理心」也很重要，這樣才會站在對方的立場思考並尊重彼此！比較不喜歡的是「刻意」去成為哪種人，畢竟決定好好交往，當然是希望以最真實的面貌來相處，只要對方自在、開心，那相處起來就會很輕鬆舒服。

男孩花絮

我的男孩 My dear Boy

影像散文書

原 創 製 作　八大電視股份有限公司
製 作 單 位　豐采文創有限公司
劇 照 師　陳志昇

發 行 人　黃鎮隆
副 總 經 理　陳君平
企 劃 主 編　蔡月薰
編 輯 協 力　Wen
美 術 總 監　沙雲佩
封 面 設 計　陳碧雲
內 頁 排 版　陳碧雲、陳惠錦
公 關 宣 傳　邱小祐、吳姍

出　　　版　城邦文化事業股份有限公司　尖端出版
發　　　行　台北市民生東路二段141號10樓
　　　　　　電話：（02）2500-7600　傳真：（02）2500-1975
　　　　　　讀者服務信箱：spp_books@mail2.spp.com.tw
　　　　　　英屬蓋曼群島商家庭傳媒股份有限公司
　　　　　　城邦分公司　尖端出版行銷業務部
　　　　　　台北市民生東路二段141號10樓
　　　　　　電話：（02）2500-7600　傳真：（02）2500-1979
　　　　　　劃撥戶名／英屬蓋曼群島商家庭傳媒（股）公司城邦分公司
　　　　　　劃撥帳號／50003021　劃撥專線／（03）312-4212
　　　　　　※劃撥金額未滿500元，請加附掛號郵資50元
法 律 顧 問　王子文律師　元禾法律事務所　台北市羅斯福路三段37號15樓

台灣總經銷　中彰投以北（含宜花東）高見文化行銷股份有限公司
　　　　　　電話：0800-055-365　傳真：（02）2668-6220
　　　　　　雲嘉以南　威信圖書有限公司
　　　　　　（嘉義公司）電話：0800-028-028　傳真：（05）233-3863
　　　　　　（高雄公司）電話：0800-028-028　傳真：（07）373-0087
香港總經銷　豐達出版發行有限公司
　　　　　　地址：香港柴灣永泰道70號柴灣工業城第2期1805室
　　　　　　電話：852-2172-6533　傳真：852-2172-4355
　　　　　　E-mail：hkcite@biznetvigator.com
馬 新 地 區　城邦（馬新）出版集團　Cite（M）Sdn Bhd
　　　　　　電話：（603）9057-8822、9056-3833　傳真：（603）9057-6622
　　　　　　E-mail：cite@cite.com.my

版　　　次　2018年4月　1版1刷
I S B N　978-957-10-8073-4

國家圖書館出版品預行編目（CIP）資料

我的男孩：影像散文書 / 八大電視股份有限公司作.
- 初版. -- 臺北市：尖端, 2018.04
　　面；　公分
　　ISBN 978-957-10-8073-4（平裝）

1.電視劇

989.2　　　　　　　　　　　　　　　107001454